FERNANDO CARRARO

A parte interna deste livro foi impressa em papel 100% reciclado, certificado pelo FSC (sigla inglesa para Conselho de Manejo Florestal).

São Paulo – 2010
1ª edição

FTD

FTD

Cuidando da vida no Planeta

EDITORA FTD S.A.
Matriz: Rua Rui Barbosa, 156 – Bela Vista – São Paulo – SP
CEP 01326-010 – Tel. (0-XX-11) 3598-6000
Caixa Postal 65149 – CEP da Caixa Postal 01390-970
Internet: www.ftd.com.br
E-mail: projetos@ftd.com.br

Diretora editorial Silmara Sapiense Vespasiano
Editora Débora Lima
Editora assistente Alaíde Santos
Assistente de produção Lilia Pires
Assistente editorial Silvia Elena de Souza
Preparadora Liege M. S. Marucci
Revisoras Carolina Manley
Célia R. N. Camargo
Fernanda Rodrigues
Rita Lopes
Sirlei S. Panochia
Solange Pereira
Coordenador de produção editorial Caio Leandro Rios
Editor de arte, projeto gráfico e capa Carlos Augusto Asanuma
Ilustrações que acompanham o projeto Ivan Coutinho
Ilustração da capa Ivan Coutinho
Foto da capa Digital Vision/Getty Images
Iconografia
Pesquisador Daniel Cymbalista
Assistente Cristina Mota
Editoração eletrônica
Diagramação Heloisa D'Áuria
Maurilo R. Sampaio
Tratamento de imagens Ana Isabela Pithan Maraschin
Eziquiel Racheti
Oséias Dias Sanches
Vânia Aparecida Maia de Oliveira
Gerente de pré-impressão Reginaldo Soares Damasceno

Dados Internacionais de Catalogação na Publicação (CIP)
(Câmara Brasileira do Livro, SP, Brasil)

Carraro, Fernando
Cuidando da vida no Planeta : volume único /
Fernando Carraro. – 1. ed. – São Paulo : FTD, 2010.

ISBN 978-85-322-7504-2

1. Meio ambiente (Ensino fundamental) 2. Meio
ambiente – Preservação I. Título.

10-09448 CDD-372.357

Índices para catálogo sistemático:
1. Meio ambiente: Ensino fundamental 372.357

Photodisc/Getty Images

Mahatma Gandhi disse: "A Terra tem tudo o que é necessário. Mas apenas para o que é necessário". Acontece que parte da humanidade já utilizou muito além do necessário e dificilmente será capaz de voltar atrás. Outra parte nem conseguiu atingir o necessário. Algo está errado.

A meus queridos afilhados:
Carlos, Humberto,
Gabriel, Caleani, Donato,
Christina e Mirielly,
com muito carinho.

Caio Guatelli/Folhapress

SUMÁRIO

Gary S. Chapman/Stone/Getty Images

PRÓLOGO

Há várias explicações sobre o surgimento do Universo.

Uma das teorias defendidas por cientistas afirma que o Universo se originou há cerca de 15 bilhões de anos de um único ponto. Ficou conhecida como teoria do *Big Bang* (do inglês, "grande explosão").

Por muitos anos, essa expressão foi interpretada erroneamente, pois na verdade não teria havido uma explosão, mas sim uma rápida expansão.

Segundo essa teoria, houve um momento em que tudo o que existia no Universo se concentrava em um ponto minúsculo. Esse ponto começou a estender-se, e houve expansão do espaço em toda a parte, para todas as direções e ao mesmo tempo.

Após milhões de anos, nuvens de gás e poeira teriam se formado. Dessas nuvens teriam surgido, há aproximadamente 13 bilhões de anos, grandes aglomerações de estrelas chamadas galáxias.

Bem mais tarde, em uma **nebulosa** de gás e poeira em **rotação**, teria ocorrido o processo da formação do Sol. Isso há cerca de 5 bilhões de anos.

Nebulosa: nuvem de massa situada entre as estrelas.

Rotação: movimento giratório em torno de um eixo.

Da mesma nuvem gasosa, formaram-se também os planetas, entre eles a Terra. Outros planetas e os demais astros do Sistema Solar foram se formando, à medida que ocorria o resfriamento dos materiais.

As mudanças continuaram a se processar no Universo e em todo o Sistema Solar, mas em especial na Terra, que se resfriava cada vez mais.

Vulcões escureceram a atmosfera da Terra com grossas nuvens formadas pelos gases tóxicos e vapores que expeliam. O planeta continuava seu lento, mas progressivo, processo de resfriamento até que as pesadas nuvens que o envolviam se condensaram, dando início a chuvas intermináveis.

Choveu milhares de anos sem parar. Assim teriam se formado os oceanos, mas isso também é teoria. Outra hipótese diz que a água existente no planeta foi trazida por cometas que se chocaram com a Terra.

Há aproximadamente 4 bilhões de anos, uma transformação importantíssima aconteceu no planeta Terra: nas águas ainda mornas dos oceanos surgiu a vida. Nessa época a atmosfera da Terra não possuía gás oxigênio. Demorou cerca de 1 bilhão de anos para que surgissem organismos capazes de realizar a fotossíntese. Esse processo possibilitou a esses organismos absorver parte do gás carbônico da atmosfera, liberando nela uma boa quantidade de gás oxigênio. A presença de gás oxigênio permitiu o surgimento dos seres vivos que respiram.

Antes mesmo de os animais e o ser humano surgirem no planeta, um evento muito importante já acontecia por aqui: o efeito estufa. Graças a ele, a temperatura do planeta mantinha-se em níveis satisfatórios para a sobrevivência dos seres vivos. Sem o efeito estufa a vida não teria evoluído na Terra.

Mas e agora? Em que situação estamos? É sobre isso que vamos conversar.

Ivan Coutinho

A SEMANA CULTURAL

Olá. Eu sou a Ana e estudo em uma escola muito legal. Todos os anos ela realiza a Semana Cultural, com várias atividades interessantes. O último dia é reservado para uma apresentação especial. Este ano foi uma peça de teatro.

Antes de cada grupo iniciar a pesquisa sobre um assunto, o professor de Ciências organizou um debate para orientar-nos sobre o que deveria ser estudado. Começou com uma pergunta seguida de um relato explicativo:

– Vocês já ouviram falar em aquecimento global? Com certeza sim. Atualmente esse termo tem sido usado muito aleatoriamente. Alguém diz, por exemplo: “Choveu o mês de setembro inteiro; culpa do aquecimento global. No inverno fez o maior calor; culpa do aquecimento global. O tornado que devastou cidades de Santa Catarina em 2009 foi culpa do aquecimento global”. Na verdade, o aquecimento global é o aumento significativo da temperatura média da Terra em um período relativamente curto, gerando mudanças climáticas. Ocorre em função de um desequilíbrio na camada de ozônio causado pelos gases do efeito estufa emitidos como resultado de atividades humanas. Esses gases são liberados na atmosfera principalmente pela queima de combustíveis fósseis e pelo desmatamento, mas também como subproduto da produção industrial e em decorrência de aterros sanitários (lixões), de plantações de arroz, da extração de carvão, da utilização de alguns fertilizantes nas lavouras e do processo digestivo de rebanhos.

Após o debate nos organizamos em grupos e saímos para pesquisar. Agora vou contar a vocês como foi a Semana.

A CASA ECOLÓGICA

A primeira atividade da Semana foi a visita ao projeto arquitetônico de uma casa ecológica. Um engenheiro ambiental nos guiou pelas dependências da casa explicando como tudo funcionava.

– A casa ecológica é, na verdade, uma casa **sustentável**, ou seja, aquela que usa matéria-prima renovável, materiais certificados, reciclados ou sem componentes tóxicos. É uma casa adaptada a nosso modo de viver, mas o morador deve assumir a responsabilidade pelos próprios resíduos, buscando reaproveitá-los quando possível, separando os materiais recicláveis dos orgânicos. Ou seja, gerir de maneira adequada os recursos naturais para que não venham a faltar para as futuras gerações.

Sustentável: relacionado ao conceito de "desenvolvimento sustentável" – suprir o que é preciso no presente sem afetar a possibilidade de as gerações futuras proverem o necessário para si.

Depois o engenheiro nos mostrou uma maquete com esquemas explicativos.

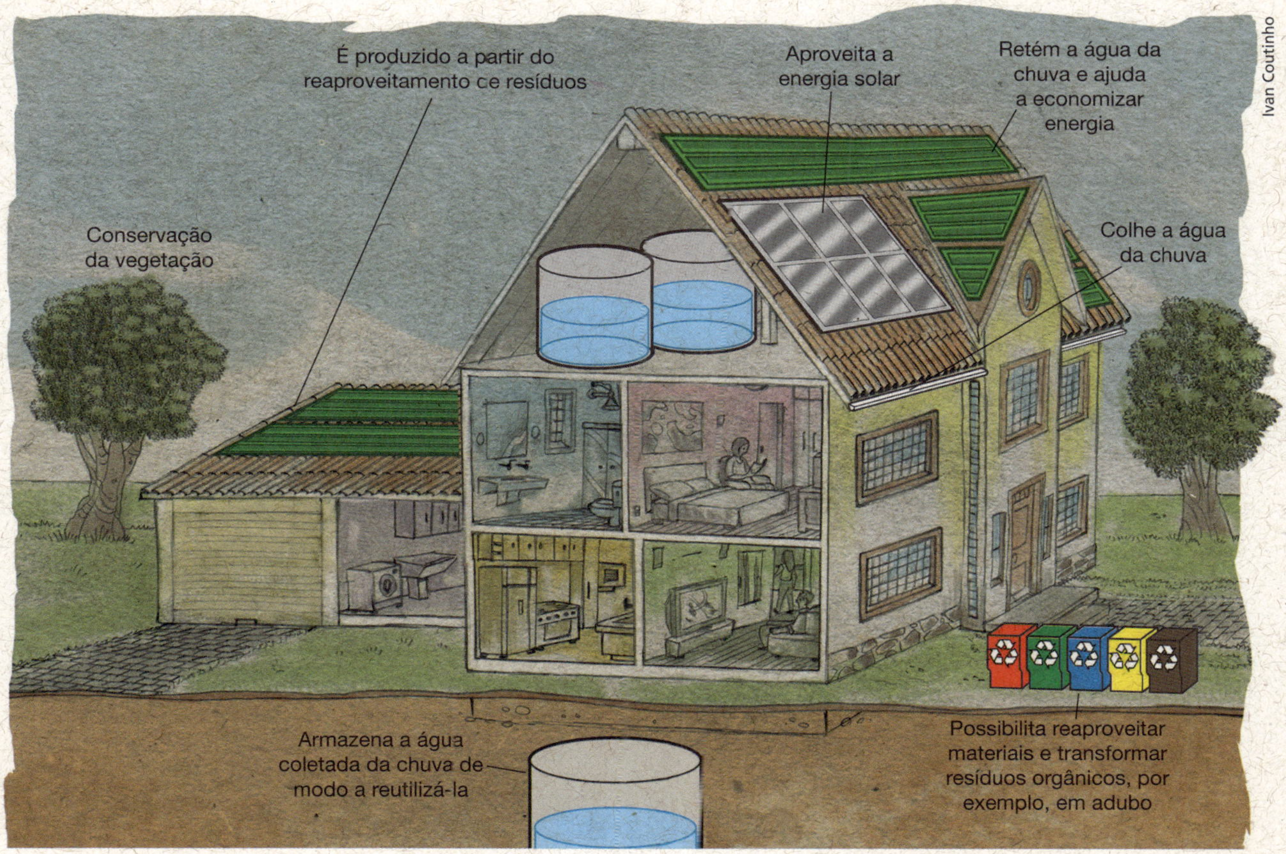

Ivan Coutinho

Ivan Coutinho

REAPROVEITAMENTO DE ÁGUA DA CHUVA

O sistema de reaproveitamento de água da chuva funciona assim:

1. A água proveniente da chuva cai no telhado e é captada por um conjunto de calhas, que a direcionam para um tanque subterrâneo ou cisterna, onde será armazenada.
2. Antes, porém, passa por um filtro para retirada de impurezas, como folhas e outros detritos.
3. Uma bomba é responsável por levar a água para uma segunda caixa-d'água, separada da caixa de água potável. Esse reservatório leva a água à torneira externa.
4. Pela torneira externa, vem a água da chuva reaproveitada, que, apesar de não ser própria para beber, tomar banho ou cozinhar, pode ser usada para regar plantas, lavar quintal, calçadas e carros.

REÚSO DAS ÁGUAS SERVIDAS

Águas servidas são águas utilizadas no tanque ou na máquina de lavar e no chuveiro ou na banheira. Elas podem ser recicladas e usadas novamente na descarga do vaso sanitário ou para lavar o quintal, após passar por um filtro que retire a gordura da água. Evita-se, assim, o desperdício de água tratada e potável para essas finalidades.

ILUMINAÇÃO NATURAL

Aproveitar a iluminação natural é um dos objetivos do desenvolvimento sustentável. O uso da luz natural auxilia na economia de energia elétrica, aquece a casa e ajuda a eliminar germes e ácaros. Para isso, é possível instalar janelas grandes e portas envidraçadas, utilizar tijolos de vidro, principalmente na face norte, e pintar as paredes internas com cores claras.

O. Llaneza/Plainpicture/Keystone

Ivan Coutinho

ENERGIA SOLAR

A radiação solar pode ser convertida em energia elétrica. Há vários projetos em curso ou em operação para o melhor aproveitamento da energia solar. O mais comum é a transformação da energia por meio de sistemas fotovoltaicos. O efeito **fotovoltaico** decorre da excitação dos elétrons de alguns materiais, como o silício, na presença de luz solar. Esses materiais são chamados de células solares ou fotovoltaicas. Observe como funciona.

Fotovoltaico: que desenvolve força eletromotriz pela ação da luz; que produz corrente quando iluminado. A energia fotovoltaica é obtida pela conversão direta da luz do sol em eletricidade.

Corrente contínua: fluxo constante das cargas elétricas de um potencial alto para outro baixo.

Sistema fotovoltaico

1. Os módulos fotovoltaicos geram energia elétrica em **corrente contínua**.
2. As baterias armazenam a energia, obtida da luz solar durante o dia, possibilitando o funcionamento das lâmpadas e dos aparelhos elétricos à noite ou em períodos nublados.
3. O controlador de carga gerencia o processo de carga e descarga das baterias, evitando que elas sejam sobrecarregadas ou descarregadas além de limites predeterminados, aumentando assim sua vida útil.

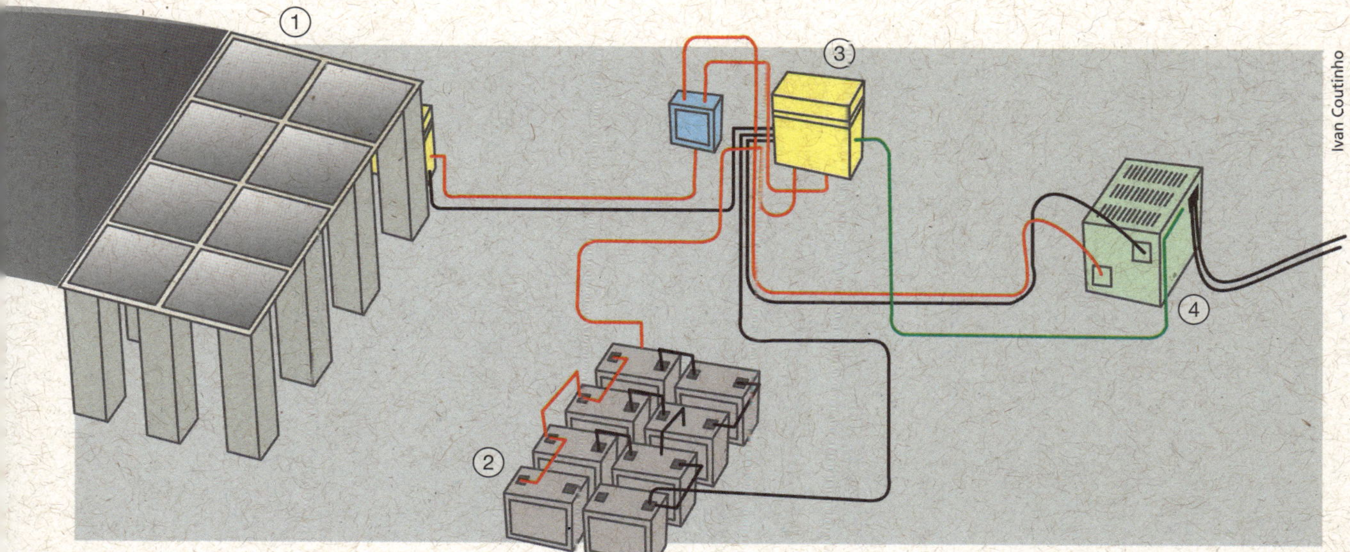

Ivan Coutinho

4. O inversor transforma a corrente contínua em corrente alternada, podendo, portanto, alimentar os aparelhos eletroeletrônicos convencionais.

LÂMPADAS

As poucas lâmpadas utilizadas nas casas ecológicas são de LED, pois são bem mais econômicas. O menor impacto no meio ambiente, o baixo consumo de energia e a vida útil, que é mais longa que as demais lâmpadas presentes no mercado, são as características principais dessas lâmpadas. Elas gastam, por exemplo, menos energia para gerar a mesma iluminação que as lâmpadas fluorescentes compactas (LFCs) e podem durar, conforme o modelo, pelo menos trinta vezes mais do que as lâmpadas incandescentes e quatro vezes mais do que as LFCs.

Além disso, os modelos LED geram menor risco para a saúde dos consumidores e para o meio ambiente, já que eles não contam com mercúrio em seu funcionamento, como é o caso das LFCs.

Existem dois tipos de lâmpada LED: as de baixa potência, utilizadas em sinalização e decoração, por exemplo, e as de alta potência, que emitem mais luz e iluminam ambientes internos.

Alhovik/Shutterstock.com

COMPARE

	Incandescente 	LFC 	LED 
Vida útil	1 mil horas	10 mil horas	40 mil horas
Emissão de calor	Alta	Média	Baixa
Economia	—	Até 80%	Até 95%
Ecológica	Não contém mercúrio	Contém mercúrio	Não contém mercúrio

Fonte de pesquisa: <www.inmetro.gov.br/inovacao/publicacoes/cartilhas/lampada-led/lampadaled.pdf >.

Corel Stock Photo

PISO, PAREDES E COBERTURA

O piso, as paredes e a cobertura da casa ecológica são, também, ecológicos. As paredes e o piso interno foram feitos de solo-cimento, ou seja, o solo (terra) é misturado com o cimento e prensado: em seu processo de fabricação não há queima de madeira para sua cura. As paredes receberam tinta à base de terra, papel de parede artesanal de fibra de bananeira e foram decoradas com painel de madeira de demolição.

O piso do quintal e a calçada receberam blocos de concreto intertravados. Assentadas sobre uma camada de areia, as peças são encaixadas umas às outras, permitindo que a água da chuva volte para o solo.

A cobertura da casa recebeu um telhado verde, composto por vegetação, mecanismos de filtragem e drenagem, e uma laje impermeável. Esse tipo de telhado, que substitui os construídos com telhas de amianto ou asbestos (substâncias reconhecidamente cancerígenas), além de ajudar a reter a água, proporciona isolamento termoacústico, já que evita a transferência de calor, frio e ruído para o interior da edificação, proporcionando, assim, economia de energia com aquecimento e refrigeração.

APARELHOS E DISPOSITIVOS ECONOMIZADORES DE ÁGUA

Aparelhos economizadores de água utilizam tecnologia para que funcionem com **vazão** reduzida e/ou evitem o desperdício pelo mau fechamento de seus componentes.

Vazão: volume de um fluido que escoa por um conduto ou curso de água por determinado intervalo de tempo.

Nessa casa, as descargas possuem duplo acionamento: meia descarga ou descarga completa. Os chuveiros e as torneiras funcionam com dispositivos mecânicos que liberam o fluxo de água apenas durante um período de tempo determinado.

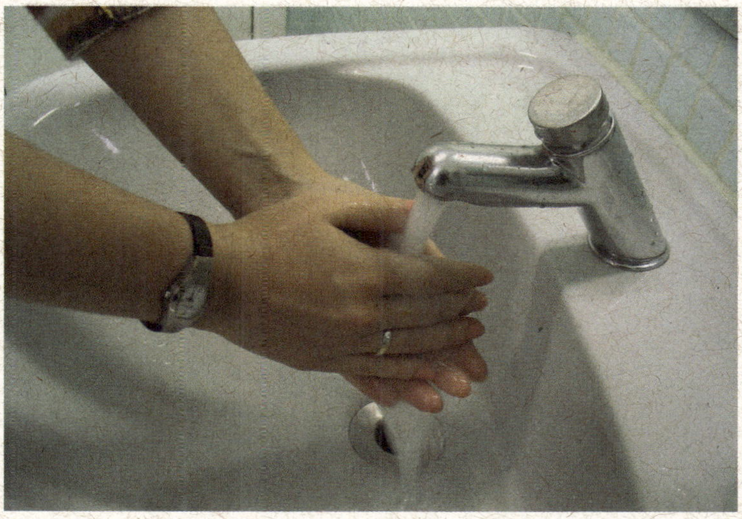
Marcelo Barbosa/Folhapress

COMPORTAMENTO ECOLÓGICO

O ambientalista explicou que a tecnologia tem auxiliado nas pesquisas sobre economia de energia, porém é fundamental a consciência ecológica das pessoas.

Um dos grandes problemas atuais, por exemplo, é a alta produção de resíduos. Por isso, descartar corretamente esses resíduos em lixeiras recicláveis é fundamental. Por meio de um descarte responsável, é possível não só que materiais sejam reaproveitados como também que os resíduos orgânicos sejam transformados, por exemplo, em adubo, de modo que passem a fertilizar terras produtivas. Outras pequenas ações realizadas no dia a dia também podem fazer a diferença: os hábitos de economizar água, levar sacolas retornáveis ou carrinho de feira para compras em feiras e supermercados, fazer uso de detergentes biodegradáveis, andar a pé ou de bicicleta e optar pelo transporte coletivo.

Marcelo Justo/Folhapress

CICLO DE PALESTRAS

Durante a Semana Cultural, foram realizados minicursos e apresentações. Os alunos, organizados em grupos, deveriam escolher os temas, fazer pesquisas, preparar o material e convidar profissionais especialistas para dar palestras e orientação das apresentações.

Ivan Coutinho

A escola foi toda enfeitada para receber os visitantes que viriam nos prestigiar. Além de nossos familiares, compareceram muitas outras pessoas. Cada grupo ocupou uma sala de aula para a exposição.

EFEITO ESTUFA

Uma estufa, montada por profissionais de jardinagem, foi erguida bem no meio do pátio da escola. Era um dos principais atrativos da exposição e foi ideia da equipe de meu irmão, Pedro.

Os visitantes eram convidados a entrar em pequenos grupos. Logo no começo da exposição, cartazes com gráficos e imagens explicavam o tema. Como este ao lado.

Photodisc/Getty Image

O efeito estufa permite que a Terra tenha temperaturas constantes e adequadas para os seres vivos.

Dentro da estufa um dos alunos explicava:

– A temperatura média da Terra gira em torno de 15 °C. Isso ocorre porque, em nossa atmosfera, existem gases, como o metano, o dióxido de carbono, os óxidos de nitrogênio e de ozônio, os quais, com o vapor-d'água, formam uma camada capaz de reter parte do calor que a Terra perderia para o espaço. Se não fossem esses gases, a Terra seria um ambiente gelado, com temperatura média de −17 °C. A esse fenômeno chamamos de efeito estufa. Se ele não existisse, a vida em nosso planeta não teria tanta diversidade.

Ivan Coutinho

Combustível fóssil: substância de origem mineral formada por compostos de carbono. Origina-se da decomposição de materiais orgânicos em um processo que leva milhões de anos, sendo por isso considerado um recurso natural não renovável. Os combustíveis fósseis mais conhecidos são: gasolina, óleo *diesel*, gás natural e carvão mineral.

Dentro da estufa, todos sentiam que era bem mais quente do que fora, o que dava pretexto para a equipe explicar o tema estudado. Meu irmão Pedro foi o primeiro a falar, orientado por um geógrafo.

– Quando a radiação solar atravessa a atmosfera da Terra, parte dela aquece a superfície do planeta. A outra parte é irradiada de volta para a atmosfera em forma de radiação infravermelha, ou seja, de calor. É o que acontece aqui na estufa: a radiação solar vem em forma de ondas de luz e de outros tipos e atravessa o vidro transparente. Ao incidir no solo e nas plantas, é transformada em radiação infravermelha (calor), que não consegue atravessar o vidro de volta e fica aprisionada no interior da estufa. De modo parecido, certos gases da atmosfera funcionam como uma espécie de "telhado de estufa", evitando que o calor se disperse totalmente para o espaço. Esse processo, conhecido como efeito estufa, mantém constante a temperatura.

– Os gases causadores do efeito estufa, como o dióxido de carbono, o gás metano, o óxido nitroso e os hidrocarbonetos, são poluentes. Desempenham na atmosfera aquilo que o vidro representa aqui nesta estufa.

– Quanto mais gases poluentes se acumularem na atmosfera (da queima de **combustíveis fósseis** – gasolina, carvão, *diesel* –, de resíduos orgânicos e das florestas), maior será o calor aprisionado na Terra, pois eles formam uma camada de difícil dispersão.

1. Radiação solar absorvida pela Terra
2. Calor aprisionado pelo excesso de dióxido de carbono
3. Cerca de 30% da radiação infravermelha volta para o espaço
4. A superfície da Terra irradia calor de volta para a atmosfera
5. Fábricas liberam dióxido de carbono
6. Os oceanos se aquecem, liberando vapor de água que contribui para o aquecimento da atmosfera
7. Queima de combustíveis fósseis e emissão de gases pelos veículos automotores

– Além do desmatamento, toda fumaça expelida pelas chaminés das indústrias e pelos veículos também colaboram para esse processo.

– O aumento da temperatura pelo efeito estufa já está provocando o derretimento das **calotas polares** e, consequentemente, o aumento do nível dos mares. Muitas cidades litorâneas correm o risco de desaparecer.

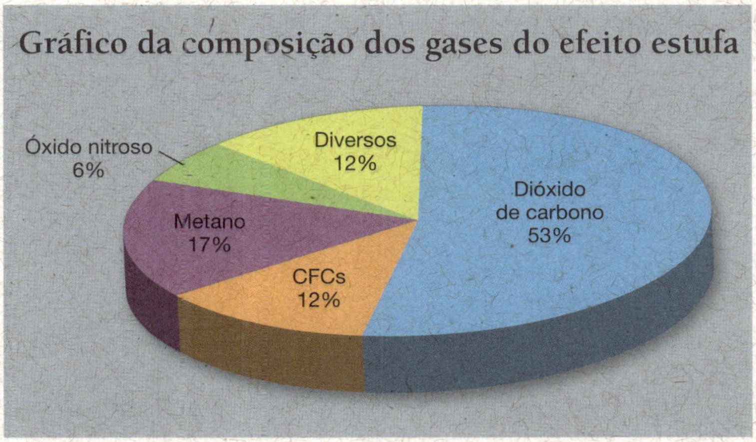

Fonte: <www.usp.br/qambiental/tefeitoestufa.htm>.

Calota polar: região de um planeta, centrada na região polar, coberta de gelo.

Digital Vision/Getty Images

Queimada na Floresta Amazônica.

Germano Suders/Editora Abril

Fumaça gerada pela queima de combustível fóssil, a cor escura indica desregulagem do motor.

AQUECIMENTO GLOBAL

Depois de conhecerem a estufa, os visitantes se dirigiam para a sala do *aquecimento global*. Ali outra equipe dava sequência às explicações que eles haviam recebido na estufa. Para facilitar a apresentação, o grupo usava cartazes didaticamente desenhados.

– Vocês acabaram de ver como se dá o efeito estufa – explicava um aluno da equipe. – Pois bem, o aumento da temperatura na atmosfera, causado pelo agravamento do efeito estufa, se propaga por toda a atmosfera do planeta provocando o aquecimento global.

– O que precisa ficar claro – prosseguia outro aluno – é que o efeito estufa é um fenômeno importante porque mantém a temperatura da Terra dentro de limites relativamente constantes e adequados para o desenvolvimento de toda espécie de vida existente no planeta. O problema é que, nas últimas décadas, a camada fina da atmosfera vem recebendo grande quantidade de gases poluentes, agravando o efeito estufa. A concentração desses gases na atmosfera absorve mais ainda a radiação infravermelha, causando um aquecimento maior da atmosfera no mundo todo. Isso é o aquecimento global.

– Entre as consequências do aquecimento global – dizia outro aluno –, citamos as mudanças climáticas. Além de provocar o derretimento das calotas polares e de elevar o nível dos oceanos, causam o aumento na ocorrência de furacões, tufões e ciclones, o crescimento de áreas secas, com escassez de água e prejuízos para a agricultura, resultando na morte de milhões de pessoas, de animais e de vegetais.

Gado prejudicado pela seca na área rural de Monte Azul, MG, 2008.

Fotos: Valter Campanato/ABr

Município de Guaraciaba, SC, prejudicado pelo tornado de 2009.

CONVENÇÃO QUADRO DAS NAÇÕES UNIDAS PARA MUDANÇA DO CLIMA

Em 1992, no Rio de Janeiro, foi realizado um encontro para discutir as mudanças climáticas que ficou conhecido como Eco-92. Nele foi assinada a Convenção Quadro das Nações Unidas para Mudança do Clima, cujo objetivo era estabilizar as concentrações de gases de efeito estufa na atmosfera em níveis seguros.

Conferência das Partes – COP

Com a entrada em vigor da convenção do clima em 1994, representantes dos países signatários passaram a se reunir anualmente para promover e monitorar sua implementação. Esses encontros são chamados de Conferências das Partes (COPs) e são realizados em diversos países, sempre buscando soluções para os problemas que comprometem a vida no planeta. Veja os encontros das COPs.

COP 1 = Berlim (Alemanha), 1995
COP 2 = Genebra (Suíça), 1996
COP 3 = Quioto (Japão), 1997
COP 4 = Buenos Aires (Argentina), 1998
COP 5 = Bonn (Alemanha), 1999
COP 6 = Haia (Holanda), 2000 e Bonn (Alemanha), 2001
COP 7 = Marrakech (Marrocos), 2001
COP 8 = Nova Délhi (Índia), 2002
COP 9 = Milão (Itália), 2003
COP 10 = Buenos Aires (Argentina), 2004
COP 11 = Montreal (Canadá), 2005
COP 12 = Nairóbi (Quênia), 2006
COP 13 = Bali (Indonésia), 2007
COP 14 = Poznan (Polônia), 2008
COP 15 = Copenhague (Dinamarca), 2009
COP 16 = Cancún (México), 2010
COP 17 = Durban (África do Sul), 2011
COP 18 = Doha (Catar), 2012
COP 19 = Varsóvia (Polônia), 2013
COP 20 = Lima (Peru), 2014
COP 21 = Paris (França), 2015
COP 22 = Marrakech (Marrocos), 2016

Desses encontros, destaca-se o que foi estabelecido no Japão pelo Protocolo de Quioto: reduzir a emissão dos gases poluentes do enfeito estufa pelos países desenvolvidos. Para isso, foram criadas medidas fundamentais de incentivo e de ampliação do uso de fontes de energia renovável e menos poluente.

- Na COP 16, o Brasil comprometeu-se a chegar a 2020 emitindo no máximo 2,1 bilhões de toneladas de CO_2 (dióxido de carbono).
- A COP 17 insistiu na implantação do Protocolo de Quioto e na retomada de acordos firmados em COPs anteriores.
- A COP 18 aprovou a extensão do Protocolo de Quioto de 2013 a 2020, com a diminuição de 18% dos gases do efeito estufa sobre os níveis de 1990.
- A COP 19 insistiu na urgência de ajudar países que sofrem problemas climáticos extremos e na proteção às florestas.
- A COP 20 manifestou a expectativa de que todos os países assumam o compromisso de reduzir suas emissões de gases poluentes a partir de 2020.
- A COP 21 afirmou a necessidade de um novo acordo entre os países para diminuir a emissão de gases de efeito estufa, o aquecimento global e em consequência limitar o aumento da temperatura terrestre até 2100.
- A COP 22 defendeu medidas para populações de áreas mais afetadas pelo aquecimento do planeta.

OUTROS GASES POLUENTES

Outro aluno continuou explicando:

– Observem a tabela para saber o que os gases poluentes causam em nosso organismo. Alguns, como o monóxido de carbono, são altamente tóxicos. Eles são produzidos pela queima incompleta de combustíveis fósseis pelos veículos, pelos equipamentos a gás, pelos fornos a lenha, pelo cigarro, pelas queimadas nas florestas.

POLUENTE	PERÍODO DE EXPOSIÇÃO	EFEITOS NA SAÚDE
Dióxido de enxofre.	Efeitos na saúde em menos de 24 horas de exposição.	Resulta em respiração ofegante e curta. Pessoas asmáticas são o grupo mais sensível.
Dióxido de enxofre combinado com material particulado em suspensão.	Efeitos na saúde após 24 horas de exposição.	Mesmo baixos níveis de exposição podem causar doenças crônicas obstrutivas dos pulmões.
	Após um longo período.	O sistema respiratório fica prejudicado, com um aumento das doenças respiratórias.
Dióxido de nitrogênio.	Efeitos na saúde em menos de 24 horas de exposição.	A exposição a esse gás leva, indiretamente, à redução na capacidade de transporte do sangue e prejudica a emissão de gás oxigênio pela hemoglobina.
	Após um longo período.	Os pulmões, baço, fígado e sangue são todos afetados pela exposição por longos períodos a esse gás. As crianças são o grupo mais sensível.
Monóxido de carbono.	Efeitos na saúde em menos de 24 horas de exposição.	A exposição a esse gás leva à redução na capacidade de transporte de gás oxigênio pelo sangue.
	Após longo período.	A inalação por meio do tabaco ou quando se trabalha em ambientes poluídos (por exemplo, policiais de trânsito) pode levar a doenças cardiovasculares.

Caio Guatelli/Folhapress

Fonte de pesquisa: <www.saudebrasilnet.com.br>. Acesso em: 25 ago. 2009.

CRÉDITO DE CARBONO

– Outra medida bastante em evidência hoje é a estabelecida pelo Protocolo de Kyoto e constituída do seguinte: os países que colaborarem para a diminuição de emissão de gases poluentes ganharão créditos, ou seja, pontos. Esses pontos poderão reverter em benefícios financeiros para o país.

– E o que os países devem fazer para ganhar tais créditos? – perguntou um visitante.

– Conservar suas florestas, aproveitar o gás metano produzido no lixo como fonte de energia, enfim, diminuir todo tipo de poluente atmosférico, utilizando fontes alternativas de energia. A China, por exemplo, está investindo muito em energia solar, e a Índia em energia eólica, produzida pelo vento.

Alamy/Otherimages

Turbinas de energia eólica em Kanya Kumari, Índia, 2008.

Tim Graham/Getty Images

Painéis solares em prédios de Xian, China, 2008.

– Os cidadãos também podem colaborar. Basta praticar o que vem sendo chamado de compensação ou neutralização do carbono. Para isso é necessário calcular a quantidade de CO_2 emitida em suas atividades diárias e ver quantas árvores precisa plantar para neutralizar esse valor. Apesar de não existir um critério oficial, já há *sites* e empresas especializados em fazer as contas e até plantar as árvores para você.

Zig Koch/Natureza Brasileira

Reflorestamento com eucalipto em Itaúnas, ES, 2007.

– Mas é bom enfatizar que todo mundo, de uma maneira ou de outra, tem sua parcela de culpa em colocar gás carbônico na atmosfera: indústrias, veículos movidos a combustível líquido ou gasoso, chaminés, queimadas, incinerações, computadores, impressoras, celulares e seus acessórios lançam no ar grandes quantidades de substâncias prejudiciais à saúde.

– Várias medidas estão sendo estudadas para retirar o excesso de gases poluentes da atmosfera, mas algumas, por enquanto, ficam apenas no terreno da especulação.

– Quais, por exemplo? – inquiriu um visitante.

– A colocação de tubos nos oceanos que bombeiem as águas profundas para a superfície, favorecendo a proliferação de algas, e a estocagem de gases poluentes em mananciais extintos.

BIOCOMBUSTÍVEIS

– Biocombustível ou combustível verde – explica um profissional convidado pela equipe – é uma fonte de energia renovável produzida a partir da **biomassa**. Entre os principais biocombustíveis estão o bioetanol e o *biodiesel*. O Brasil é pioneiro na produção desse tipo de biocombustível. A médio prazo, poderá ser uma boa solução para a diminuição do efeito estufa e do aquecimento global.

Biomassa: do ponto de vista energético, é todo recurso renovável originado de resíduos de processos industriais (serragem, bagaço de cana, cascas de árvores ou de arroz) e de matéria orgânica de origem animal ou vegetal (plantas, lixo doméstico, estrume de gado, restos de madeira) que pode ser utilizado na produção de energia.

Bioetanol e *biodiesel*

– O bioetanol é o etanol (álcool) derivado da cana-de-açúcar, do milho e de outras plantas por meio da fermentação da sacarose. No Brasil o etanol produzido vem da cana-de-açúcar; nos Estados Unidos ele é obtido do milho. Comercialmente, o etanol é mais conhecido como álcool etílico (ou simplesmente álcool, na linguagem popular).Os canaviais, fonte de matéria-prima, ajudam na redução do gás carbônico da atmosfera por meio da fotossíntese, colaborando para o aumento da umidade do ar e para a retenção das águas da chuva.

– O *biodiesel*, por sua vez, é o óleo produzido principalmente de plantas (soja, girassol, amendoim, algodão, mamona, dendê e muitas outras) ou até mesmo de gordura animal. Misturado ao óleo *diesel*, reduz a poluição atmosférica, pois é um pouco menos poluente que este.

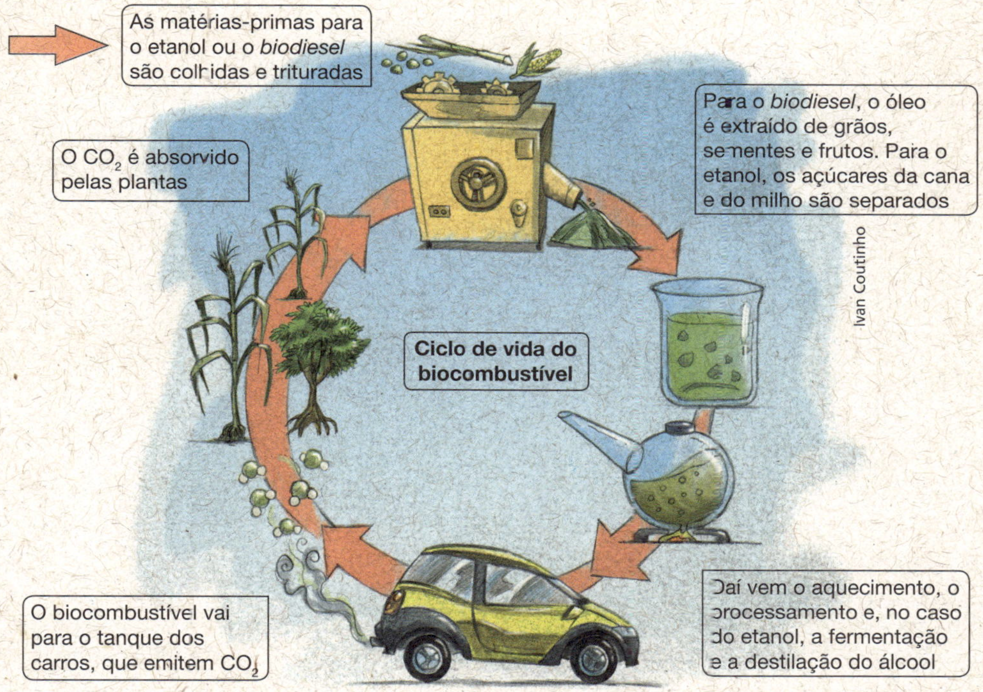

VANTAGENS E DESVANTAGENS DO BIOCOMBUSTÍVEL

– A vantagem do biocombustível deve-se ao fato de que ele é um recurso natural renovável, enquanto o petróleo é um recurso natural não renovável, ou seja, quando acabar, acabou.

– Sendo assim, quando usamos o biocombustível poluímos menos a atmosfera e ao mesmo tempo economizamos petróleo.

– O Brasil lidera a produção mundial e poderá, nos próximos anos, abastecer o mundo com esse combustível que agride menos a natureza.

– O que vocês acham da possibilidade de o Brasil tornar-se um grande produtor de agroenergia, ou seja, energia obtida das plantas? – perguntou um aluno da equipe aos visitantes.

– Eu acho que nosso país está no caminho certo. É importante contribuir para a diminuição dos gases causadores do agravamento do efeito estufa e melhorar o estado geral da atmosfera – respondeu um visitante.

– Eu só espero que o aumento do plantio de produtos para produzir energia não invada áreas da Floresta Amazônica e de outros ecossistemas – disse outro visitante.

– Bem, o governo diz que estabeleceu planos de zoneamentos determinando as áreas de plantio – falou um dos alunos.

– Uma coisa é o governo demarcar, outra é o pessoal obedecer – comentou o visitante.

– Nisso você tem razão – concordou o aluno.

– Há quem encare o aumento do plantio para a agroenergia com preocupação – disse um dos visitantes. – Que o fato de o Brasil querer tornar-se um fornecedor de biocombustível em escala internacional poderá acarretar queda no plantio de alimentos seguida de aumento de preços.

– Esperamos que isso não aconteça, porque, além dos lugares destinados ao plantio de vegetais para a produção de biocombustíveis, o país tem ainda espaço suficiente para produzir alimentos para toda a população, inclusive para exportá-los.

– Tomara que isso seja mesmo verdade – completou outro visitante.

– E o que vocês acham da mão de obra escrava que imensas lavouras eventualmente usam?

– De fato, já tivemos casos desse tipo ligados ao corte de madeira e a diversas outras atividades. É preciso que as autoridades do governo, as ONGs e a sociedade fiquem atentas a isso – respondeu um membro da equipe.

Ivan Coutinho

SALA DE CINEMA

Em uma das salas, outra equipe exibia dois filmes sobre o aquecimento global. O documentário *Uma verdade inconveniente*, produzido pelo ex-vice-presidente dos Estados Unidos Al Gore, era o primeiro.

Antes de apresentá-lo, a equipe fazia uma pequena explanação. Dizia que o filme recebera muitos elogios, mas também muitas críticas. Que Al Gore encarava os problemas de forma sensacionalista e com alguns exageros. Na Inglaterra, por exemplo, as escolas que receberam cópias desse filme foram prevenidas de que o documentário era tendencioso e continha erros. O mais grave deles é a afirmação de que, até o final do século 21, o nível dos oceanos subirá 6 metros, quando, segundo os cientistas mais pessimistas, não deverá ser superior a 44 centímetros.

Uma verdade incoveniente. Direção de Davis Guggenheim. EUA: Paramount Pictures, 2006. (100 min).

A equipe pedia a todos que assistissem ao filme com senso crítico e cautela, mas valia a pena vê-lo por ser muito comentado e pelo fato de os alertas nunca serem demais. Por meio de imagens impressionantes, o filme mostra cenas que já vêm ocorrendo no mundo, como o derretimento de calotas polares e de geleiras, provocando a elevação do nível dos oceanos, além de desmatamentos, entre outros.

No filme, Al Gore é enfático ao dizer que as gerações futuras poderão perguntar: "Onde nossos pais estavam com a cabeça? Por que não acordaram quando tiveram a chance?". E desabafa: "Até quando nosso planeta vai suportar tanta agressão?". No final sugere algumas medidas.

Happy Feet. Direção de George Miller. EUA: Warner Bros Picture, 2006. (98 min).

O filme exibido a seguir era *Happy Feet*, que se passa na Antártida. Conta a história de Mano, um pinguim sapateador. Retrata a realidade dos pinguins e os problemas enfrentados por eles por causa da ação humana em seu *habitat*. Trabalha temas como a pesca predatória, o aquecimento global, a escassez de alimentos e a necessidade da manutenção das espécies, tendo como pano de fundo uma história de amor.

Ivan Coutinho

SALA DE DEBATES

Após a exibição dos filmes, a equipe realizava uma espécie de mesa-redonda, ou seja, um debate – uma das melhores formas de discutir um assunto. Houve quem discordasse da gravidade dos problemas que a Terra vem sofrendo.

– Eu não tenho tanta preocupação assim com o futuro – disse um visitante. – A humanidade sempre acaba descobrindo um jeito de resolver seus problemas à medida que eles vão surgindo. Tem sido assim no decorrer da história, não é?

– Sim, claro. É mais ou menos isso o que dizem também os céticos, grupo de cientistas que consideram alarmistas algumas previsões a respeito do aquecimento global. Um deles, Bjorn Lomborg, em seu livro *Cool it*, lançado em português com o título *Muita calma nessa hora!: o guia de um ambientalista cético sobre o aquecimento global*, discorda, por exemplo, da visão de Al Gore em seu documentário *Uma verdade inconveniente*, afirmando que deveríamos nos preocupar, antes de mais nada, com o problema da fome e das doenças causadas por ela, visto que ceifam milhões de vidas todos os anos. Outra questão a ser enfrentada, segundo ele, é a preparação da população, sobretudo a mais carente, para superar as consequências do aquecimento global perceptíveis daqui a cem anos.

– Mas analise bem. E o problema do lixo e a escassez de água potável, de alimento para daqui a cinquenta anos, por exemplo, quando a população do planeta atingir cerca de 9,5 bilhões de pessoas? Você acha que a humanidade vai dar conta de resolvê-los?

– Em minha maneira de ver, esses cientistas céticos estão certos. Pode ser que o aquecimento que estamos verificando faça parte dos ciclos climáticos naturais da Terra. Segundo aprendi, há cerca de 10 mil anos se encerrou a última glaciação, período em que grande parte da Terra ficou encoberta de gelo. Quem sabe agora a Terra está esquentando para, daqui a algum tempo, entrar em uma nova era glacial? – questionou um dos visitantes.

– Tudo bem. Até concordo que os tais ciclos climáticos a que você se refere existam de fato – respondeu um aluno da equipe. – O problema é que agora a temperatura está subindo além da conta, trazendo consequências desastrosas para o meio ambiente e para todos os seres vivos. E o pior. Acredita-se que isso esteja acontecendo graças à grande quantidade de poluentes que despejamos na atmosfera.

– Eu queria saber qual é a posição dos cientistas que fazem parte do Painel Intergovernamental sobre Mudanças Climáticas (IPCC*) diante desse problema. Existe unanimidade entre eles?

* Intergovernmental Panel on Climate Change.

– Boa pergunta. O IPCC existe desde 1988. É um órgão da ONU formado por cientistas de mais de 130 países para discussão de problemas ambientais e busca de soluções para o aquecimento global. O IPCC divulgou um relatório sobre o aquecimento global que serviu de alerta aos líderes internacionais sobre possíveis consequências das mudanças climáticas. Os cientistas do IPCC entendem que as mudanças climáticas atuais se devem à ação humana, sobretudo pela emissão de gases como dióxido de carbono (CO_2), óxido nitroso (N_2O) e metano (CH_4), causadores do efeito estufa. No entanto, faltam dados para considerar como certa essa suposição, mas afirmam que a ação humana é provavelmente a maior responsável pelo aquecimento global nas últimas décadas.

– As previsões do IPCC para o mundo nas próximas décadas, por conta das mudanças climáticas, não são nada animadoras: a elevação da temperatura ocasionará derretimento das calotas polares e das geleiras inundando ilhas e zonas litorâneas. A falta de água e a fome causarão a morte de milhões de pessoas.

– Há previsões para o Brasil?

– Sim. A savanização da Amazônia, ou seja, a mudança da vegetação da Floresta Amazônica para um ecossistema menos exuberante, e o sumiço da água, já escassa, no Nordeste.

– É fato que o IPCC sofre pressões políticas?

– Tudo leva a crer que sim. Os relatórios, antes de divulgados, são analisados e revisados pelo respectivo governante do país a que pertence cada cientista do IPCC. É possível que países mais poluidores, por exemplo, acabem exercendo maior influência sobre o relatório final.

SALA DE AÇÕES

Os alunos da equipe nessa sala sugeriam medidas que todos nós podemos realizar para a preservação do meio ambiente.

Antes, porém, de apresentá-las, a equipe alertava os visitantes para o fato de que o ser humano não respeita a natureza. O consumismo desenfreado acaba rapidamente com os recursos naturais.

– As pessoas precisam urgentemente se conscientizar da gravidade do problema antes que seja tarde – dizia um aluno da equipe. – Temos de resolver o problema por aqui mesmo, porque encontrar outro planeta para morar será quase impossível.

– A humanidade precisa pensar seriamente em seu futuro. Com o crescimento da população, a situação deve se agravar ainda mais.

– A decisão está em nossas mãos. Podemos ajudar a melhorar o planeta; temos boas sugestões. Pequenas ações, mas constantes, produzem mais resultado do que grandes atos esporádicos.

E em seguida os alunos apresentaram algumas delas:

- plantar árvores;
- reciclar o lixo;
- economizar água e luz;
- comprar aparelhos elétricos econômicos;
- reduzir hábitos de consumo;
- andar a pé ou de bicicleta;
- utilizar transportes coletivos ou veículos movidos a biocombustível;
- participar de programas de rádio e tevê que discutem temas sobre preservação do meio ambiente;
- escrever para políticos, jornais e revistas de bairro reivindicando direitos e denunciando agressões à natureza.

Ilustrações: Ivan Coutinho

Ao final, os visitantes eram convidados a participar de um abaixo-assinado destinado à Câmara dos Vereadores pedindo uma fiscalização mais rigorosa sobre a fumaça liberada pelas indústrias e pelos veículos. Também havia a sugestão de construção de ciclovias, melhoria de transportes coletivos e plantação de árvores, medidas que visam a cuidados com o meio ambiente.

Ivan Coutinho

O TEATRO

Até agora eu falei dos trabalhos apresentados por meus colegas de outras classes. Como viram, foram muito bons e receberam muitos visitantes.

Agora vou falar do trabalho que minha equipe e eu tivemos de apresentar. Consistia em redigir e apresentar uma peça de teatro sobre o aquecimento global. A peça encerraria a Semana Cultural.

Logo que soubemos de nossa tarefa nos reunimos para tratar do assunto. Até aquele momento, nenhum de nós tinha ideia alguma. Era fim de semana, e combinamos de nos reunir novamente na segunda-feira. Cada um deveria trazer alguma sugestão.

Passei o fim de semana tentando elaborar alguma coisa, mas nada... As ideias não apareciam. A preocupação era tanta que fui dormir pensando nisso. Não deu outra. Durante a noite tive um pesadelo. Mas, pensando bem, foi toda a inspiração de que precisávamos. Na segunda, como havíamos combinado, nos reunimos. Contei para os colegas meu pesadelo. Cada um deu uma ideia. No final juntamos tudo e escrevemos nossa peça teatral. Quer ver como ficou?

Photodisc/Getty Images

O descarte de pneus usados em locais inadequados impacta o ambiente e, consequentemente, prejudica a saúde e a qualidade de vida. Entre alguns efeitos nocivos estão: o pneu demora quase 600 anos para se degradar; ao ser queimado, gera uma fumaça negra e muito poluente; largado em margens de rios, atrapalha o fluxo da água e favorece as enchentes. Porém, desde 1999 a Resolução n. 258 do Conselho Nacional do Meio Ambiente (Conama) impõe que os fabricantes e os importadores de pneus façam a coleta (tanto dos pneus que ainda tenham condição de aumentar sua vida útil como daqueles que se tornam inservíveis e sem condições de reforma) e deem uma destinação ambientalmente adequada a eles.

AQUECIMENTO GLOBAL

Cena I

Uma sala de jantar com a mesa posta para o café da manhã. Entra o pai de Ana e Pedro.

(Pai falando sozinho.)

PAI – O café já está pronto e a mesa está arrumada. Agora só falta chamar o pessoal.

(Pai falando em tom mais alto, em direção aos quartos, fora do palco.)

PAI – Meu amor, o café está na mesa esperando por você!

(Mãe gritando do quarto, fora do palco.)

MÃE – Já vou! Estou acabando de me trocar.

PAI – Não demore!

(Mãe entra e dá um beijo no marido.)

Andrea Jones Images/Alamy/Otherimages

Os pneus podem ser reutilizados quando passam pelos processos de recapeamento, remoldagem ou recauchutagem. Todos esses processos consistem em reparos nos pneus danificados tornando-os adequados para nova utilização.
Os pneus também podem virar matéria-prima para produtos da indústria cimenteira e de asfalto, e podem até servir como componente energético.
O reaproveitamento de pneus em forma de balanço, pufes, pula-pulas, mesas, cadeiras como as da foto é uma maneira criativa de tirar os pneus inservíveis do ambiente.

MÃE – Bom dia, querido. Hummm... *(Sentindo o cheiro do café e sentando-se à mesa.)*

PAI – Bom dia, amor. Dormiu bem?

MÃE – Muito bem. E você?

PAI – Não tão bem.

MÃE – Está preocupado com alguma coisa?

PAI – Nada de importante. A Ana deve apresentar sugestões para uma peça de teatro, e pelo jeito não sabe nem por onde começar.

MÃE – Não esquenta com isso, não. Tenho certeza de que ela vai conseguir. Além do mais, ela não está sozinha, mas sim com a classe dela. Eles são jovens, e o que não falta para eles é imaginação. Seu café está muito bom. Você é o melhor fazedor de café que eu conheço.

PAI – Que nada. O de minha avó é melhor.

MÃE – Também, eles fazem de tudo lá no sítio: plantam, colhem, secam, torram e moem e não usam agrotóxicos.

Delfim Martins/Pulsar

O aumento vertiginoso da população exige grande demanda de alimentos. E, para suprir essa necessidade, muitos agricultores fazem uso de substâncias químicas, como agrotóxicos e pesticidas, no combate às pragas que atacam as plantações. O uso excessivo desses produtos pode causar danos à saúde; daí a importância de lavar bem as frutas, os legumes e as verduras antes de serem consumidos. Além do mais, produtos tóxicos prejudicam o ambiente poluindo o solo e, quando transportados pela água da chuva, também os rios e os lençóis subterrâneos.

(Mãe gritando em direção ao quarto dos filhos, fora do palco.)

MÃE – Pedro, Ana! Andem logo, senão pegaremos muito trânsito!

(Pedro responde de dentro do quarto, fora do palco.)

PEDRO – Já estou indo!

(Mãe gritando em direção ao quarto dos filhos, fora do palco.)

MÃE – Vocês vão levar lanche?

(Ana responde de dentro do quarto, fora do palco.)

ANA – Não, vamos comprar na cantina.

(Mãe gritando em direção ao quarto dos filhos, fora do palco.)

MÃE – Nada de salgadinhos e frituras!

(Pedro responde de dentro do quarto, fora do palco.)

PEDRO – Nem tem isso lá! Seu Luiz só faz lanches naturais e, por sinal, muito gostosos.

Palê Zuppani/Pulsar

O cultivo de alimentos de forma natural, ou seja, sem a utilização de agrotóxicos e adubos químicos vem crescendo muito no mundo e também no Brasil. Os produtos orgânicos, como são conhecidos, além de serem mais saudáveis, não causam prejuízos ao ambiente.

(Ana responde de dentro do quarto, fora do palco.)

ANA – Pode deixar, mãe; não estou a fim de engordar.

(Pedro entra bocejando já vestido com o uniforme da escola e a mochila; cumprimenta os pais e senta-se.)

PEDRO – Bom dia, mãe; bom dia, pai.

PAI E MÃE – Bom dia, Pedro.

PEDRO – Espero mesmo que seja um bom dia. Tenho prova de Matemática.

(Ana entra uniformizada e com a mochila, cumprimenta os pais, o irmão e senta-se à mesa também.)

ANA – Bom dia, pai. Bom dia, mãe. Olá, Pedrinho.

PEDRO – Meu nome é PEDRO.

ANA – Tá legal. Bom dia, PEDRÃO.

PEDRO – E nem Pedrão. É Pedro, Pedro, PEDRO, entendeu?!

Maurício Simonetti/Olhar Imagem

O desrespeito ao ambiente provoca imagens, como a da foto acima, difíceis de acreditar. Garrafas PET, jogadas no rio como se ele fosse uma lixeira, poluem as águas, causam a morte de seres vivos, entopem as barragens, causando o seu transbordamento e enchentes. A reutilização ou a reciclagem de produtos é uma maneira de poupar o ambiente dessa degradação. Além disso, economiza os recursos naturais que seriam utilizados na confecção de novos produtos.

ANA – Está bem. Bom dia, Pedro. Estudou para a prova de Matemática?

PEDRO – E você? Escreveu a peça sobre o aquecimento global?

ANA – Nem fale sobre isso! Fui dormir pensando nessa peça e acabei tendo um pesadelo.

MÃE – Sério? Com o que você sonhou?

ANA – Sonhei que estávamos no ano de 2100. O aquecimento global tinha se agravado tanto que provocava uma série de acontecimentos simultâneos: furacões, maremotos, terremotos, ciclones... foi horrível.

MÃE – Então foi você que gritou durante a noite? Quase me levantei para ver o que estava acontecendo, mas você parou logo. Hei! Está aí. Por que não aproveita seu pesadelo e faz dele uma peça de teatro?

ANA – Hããã? Como assim? Foi horrível, como posso criar uma peça de teatro com esse pesadelo?

MÃE – Quando chegar à escola, conte para seus colegas. Vocês saberão como fazer.

www.camisetafeitadepet.com.br. Fotos: Daniel Cymbalista

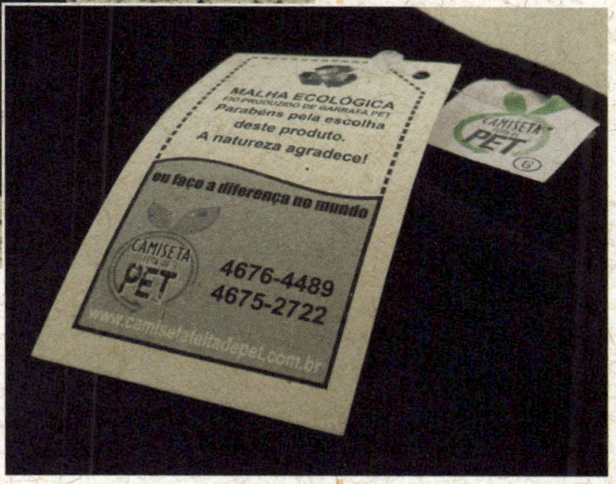

Por meio da reciclagem, a garrafa PET volta a ser matéria--prima para a fabricação de inúmeros produtos, como tecidos. A camiseta da foto foi feita com tecido fabricado de fibras sintéticas obtidas de garrafas PET.

(Ana olhando para o pai.)

ANA – Por falar em aquecimento global, quando é que você vai trocar seu carro a gasolina por um *flex*, movido a álcool e a gasolina?

PAI – Em breve. É para isso que peço ajuda para economizar.

PEDRO – Mas estamos ajudando. Faz tempo que não vamos jantar fora nem ao *shopping*...

ANA – Que falta de delicadeza!

PAI – Tudo bem, tudo bem. Às vezes, somos obrigados a abrir mão de algumas coisas para conseguir outras.

PEDRO – É, mas o professor de Ciências disse que o carro a álcool não é tão ecológico quanto pensamos. Ele explicou que todo motor que produz queima de combustível lança monóxido de carbono na atmosfera, inclusive o carro a álcool.

PAI – É verdade, Pedro. O monóxido de carbono é altamente tóxico e é a substância lançada em maior quantidade na atmosfera. O álcool ou etanol é um

Paulo Liebert/AE

Os engarrafamentos são cada vez mais constantes, sobretudo nos horários de pico, ou ainda por motivos de acidentes ou enchentes. Esse excesso de veículos aumenta o consumo de combustível e polui ainda mais a atmosfera, causando prejuízos à saúde e ao ambiente.

tipo de biocombustível produzido da cana-de-açúcar. Sua queima lança menos monóxido de carbono na atmosfera do que os combustíveis fósseis.

PEDRO – O ideal seria andar a pé ou utilizar o transporte coletivo movido a biocombustível ou a energia elétrica.

PAI – Atualmente há uma lei que determina que os veículos tenham **catalisador** em escapamentos de automóvel, de moto e de caminhão. O catalisador, bem regulado, retém 90% dos poluentes liberados pelo motor.

Catalisador: dispositivo acoplado ao escapamento dos veículos para reduzir a emissão de gases tóxicos na atmosfera.

MÃE – Outro dia assisti a uma reportagem muito interessante. Era sobre uma cidade, se não me engano na Áustria, onde os proprietários de carro se uniram em uma espécie de cooperativa. Os carros ficam estacionados em determinados pontos da cidade com a chave no contato. É só chegar, pegar o carro, usar e deixar em outro ponto onde for mais cômodo. Tudo para poluir menos e não colaborar com o aquecimento global. Não é legal?

PEDRO – Imagina uma coisa dessas aqui no Brasil! Chave no contato...

MÃE – É, mas para a pessoa abrir o carro precisa usar uma senha.

PAI – Na verdade, muitas pessoas dizem ser contra a poluição, porém poucos querem andar a pé.

Eduardo Knapp/Folhapress

Tanto o transporte coletivo de boa qualidade, como é o caso do metrô, quanto as ciclovias são soluções necessárias para melhorar, nas grandes cidades, o problema do trânsito e a qualidade do meio ambiente, reduzindo a produção de CO_2.

PEDRO – Pai, e aquele plano de plantarmos árvores na chácara do tio André?

PAI – Ainda está valendo. Não fomos ainda por falta de tempo. Mas vou ligar para ele e marcar para este fim de semana.

MÃE – Então, amanhã comprarei as mudas.

PAI – Tá certo, tá certo! Bem, agora vamos andando senão vamos nos atrasar.

(Todos saindo do palco com bolsas e mochilas.)

TODOS – Vamos!

(As cortinas se fecham e prepara-se o cenário para a Cena II.)

Cena II

No pátio da escola, quatro meninos e quatro meninas esperam por Ana.

(Um dos meninos se dirige ao colega.)

ALUNO 1 – Nossa, a Ana está demorando muito!

ALUNO 2 – Vai ver ela perdeu a hora.

Sergio Dotta Jr/The Next

A demanda de alimentos, sua estocagem e o transporte para grandes distâncias incentivaram a produção de alimentos industrializados. No entanto, para aumentar o tempo de sua conservação e melhorar sua aparência, as indústrias adicionam a esses alimentos aditivos químicos sintéticos (estabilizantes, conservantes, corantes, entre outros).

ALUNO 3 – Justo hoje que temos de decidir sobre a peça.

(Ana, vestida com o uniforme da escola e portando a mochila, entra toda alegre e falando alto como se tivesse ouvido a conversa dos colegas.)

ANA – Quem disse que eu perdi a hora? Bom dia para todos!

ALUNOS – Bom dia, Ana!

ALUNO 1 – Estávamos esperando por você. Precisamos falar sobre a peça. Na verdade, estamos todos sem ideia alguma.

ALUNO 2 – E o pior é que, além de escrever o texto, temos de ensaiá-lo.

ALUNO 3 – E não temos muito tempo.

ANA – Calma, pessoal. Talvez eu tenha a solução.

ALUNO 4 – Sério?

ANA – Acho que sim. É o seguinte. Domingo fui dormir preocupada com a peça. Acabei tendo um pesadelo. Estávamos no ano de 2100.

ALUNO 5 – Nossa! Será que o mundo vai existir até lá?

Sergio Dotta Jr/The Next

As frutas e os legumes são excelentes alimentos, especialmente quando cultivados sem agrotóxicos, ingeridos frescos e na época em que são produzidos.

ANA – É claro que vai. O mundo vai durar muito tempo, e é por isso que temos de nos preocupar não só com o aquecimento global, mas também com outros problemas que afetam a humanidade e o meio ambiente.

ALUNO 6 – Estou curiosa. Conta logo como foi esse pesadelo.

ANA – Tá legal. Foi assim. Como já disse, o mundo estava em 2100.

(As luzes se apagam, um telão é iluminado e imagens começam a ser projetadas. Ana continua a falar.)

ANA – Vi o que aconteceu com o mundo por conta do agravamento do efeito estufa e do aquecimento global:

"Florestas inteiras foram consumidas pelo fogo.

"A fumaça das queimadas, por sua vez, aumentou a quantidade de gás carbônico na atmosfera.

"As calotas polares e outras geleiras derreteram. O nível dos oceanos subiu, e as águas engoliram ilhas e cidades litorâneas inteiras. Milhares de pessoas abandonaram seus lares. Ecossistemas desapareceram.

Aris Messinis/AFP/Getty Images

As altas temperaturas, a baixa umidade e, às vezes, o descuido humano são as causas mais prováveis de grandes incêndios em áreas verdes. Quando acontecem, eles causam inúmeros prejuízos ao ambiente com a destruição da vegetação, a morte de animais e da biodiversidade local, além de provocar danos materiais. A foto mostra a destruição de uma área florestal na Austrália, no continente mais quente do mundo.

"Áreas antes alagadas tornaram-se áridas; desertos viraram oceanos. Os alimentos acabaram; milhões de pessoas morriam de fome e sede.

"Vários desastres naturais ocorriam simultaneamente: tufões, furacões, ciclones, maremotos.

"As poucas pessoas que resistiam a tantas catástrofes usavam máscaras contra gás, pois o ar era irrespirável.

"Em meio ao caos total, alguém se aproximou de mim e disse:

"– Ei, você não é um ser humano de nossa época! Você veio do século passado, não é? O que está fazendo aqui? Está vendo em que situação estamos? Por que vocês não tomaram providências para evitar que isso tudo acontecesse?

"De repente, uma multidão se aproximou; em coro, todos gritaram:

"– É mesmo, vamos acabar com essa menina! Estamos sofrendo porque a geração dela não cuidou de nosso planeta. Vamos acabar com ela!

Cornelia Doerr/Photographer's Choice/Getty Images

Todos têm consciência de que o nosso planeta enfrenta sérios problemas ambientais. É preciso que cada um faça a sua parte e, se possível, incentive outros a fazer o mesmo. Tudo o que você leu neste livro é como se fosse uma semente. Plante-a em seu coração e cuide dela com carinho para que produza frutos copiosos e saborosos.

"Percebi que meu fim estava próximo, comecei a correr desesperadamente, a multidão me perseguindo. Quando eles iam me pegar..."

ALUNO 7 – Já sei. Aí você acordou.

ANA – Adivinhou. Dei um grito e acordei, muito assustada.

ALUNO 8 – Ei... por que não aproveitamos seu pesadelo para fazer nossa peça?

ANA – Mas era justamente isso o que eu estava pensando, se vocês concordarem, é claro.

ALUNO 1 – Mas é claro que concordamos! Seu pesadelo caiu como uma bomba... ops, uma luva.

ALUNO 2 – Vai ficar legal demais!

TODOS – Com certeza!

ANA – Então, mãos à obra! Vamos pedir para o professor de Português nos ceder uma aula para escrevermos a peça. Combinado?

TODOS – Combinado.

ALUNO 3 – Ei, pessoal, no final da peça poderíamos distribuir alguma mensagem sobre os cuidados que devemos ter com o planeta.

Ivan Coutinho

ALUNO 5 – Boa ideia.

ALUNO 6 – Há uma carta, escrita pelo cacique do povo indígena Squamish, dos Estados Unidos, cuja ideia principal se aproxima da do livro de Richard Buckminster Fuller.

ALUNO 7 – Quem é esse?

ALUNO 6 – Buckminster Fuller foi um dos maiores pensadores do século XX, considerado o "pai" da consciência planetária. Ele foi o precursor dos movimentos de preservação do planeta. Seu livro *Manual de instruções para a nave espacial Terra* é um clássico da literatura ecológica.

ALUNO 8 – Hummm... Deve ser uma mensagem interessante.

Ao final da peça, as pessoas receberiam um trecho da "Carta da Terra", do Cacique Seattle, que reforça tudo o que viram e ouviram durante a Semana Cultural.

Quanto à peça, por sorte conseguimos deixá-la pronta para ser apresentada no encerramento da Semana Cultural, no auditório do colégio.

Apesar de nosso nervosismo e de nem tudo ter saído do jeito que imaginamos, foi um sucesso. Recebemos muitos convites para apresentá-la em outras escolas da cidade e até de outros municípios. E cada vez que ela era apresentada, o sucesso se repetia.

Ivan Coutinho

NPeter/Shutterstock.com

CARTA DA TERRA

[...]

Isto sabemos: a terra não pertence ao homem, o homem pertence à terra.

Isto sabemos: todas as coisas estão ligadas como o sangue que une uma família. Há ligação em tudo.

O que ocorrer com a terra recairá sobre os filhos da terra.

O homem não tramou o tecido da vida: ele é simplesmente um de seus fios.

Tudo o que fizer ao tecido, fará a si mesmo. [...]

Cacique Seattle, do povo Squamish

BIBLIOGRAFIA E SUGESTÕES DE LEITURA

50 coisas simples que as crianças podem fazer para salvar a Terra. The Earth Works Group. 4. ed. Rio de Janeiro: José Olympio, 1993.

50 outras pequenas coisas que você pode fazer para salvar a Terra. The Earth Works Group. Trad. A. B. Pinheiros de Lemos. Rio de Janeiro: Record, 1991.

Dicionário de Ecologia e Ciências Ambientais. São Paulo: Unesp/Melhoramentos, 1998.

FULLER, Richard Buckminster. *Manual de instruções para a nave espacial Terra.* 2. ed. Porto: Via Optima, 1998. (Diversos universos, v. 5).

GORE, Albert. *A Terra em balanço: ecologia e o espírito humano.* São Paulo: Augustus, 1993.

LEGGETT, Jeremy. (Ed.). *Aquecimento global: o relatório do Greenpeace.* Trad. Alexandre Lissovsky e outros. Rio de Janeiro: Editora da Fundação Getúlio Vargas, 1992.

LOMBORG, Bjorn. *Muita calma nessa hora!: o guia de um ambientalista cético sobre o aquecimento global.* São Paulo: Campus/Elsevier, 2008.

SUGESTÕES DE *SITES*

http://www.forumclima.org.br/ – Fórum brasileiro de mudanças climáticas

http://www.climaedesmatamento.org.br/ – IPAM (Instituto de Pesquisa Ambiental da Amazônia)

Stuart Yates/Alamy/Otherimages

https://www.fao.org.br/ – Organização das Nações Unidas para a Alimentação e a Agricultura, divisão da terra e da água

http://www.ider.org.br/ – Instituto de Desenvolvimento Sustentável e Energia Renováveis

http://www.ctsbrasil.org/ – Centro de Transporte Sustentável

http://www.bioatlantica.org.br/ – Instituto BioAtlântica

http://www.sosmatatlantica.org.br/ – SOS Mata Atlântica

http://www.oc.org.br/ – Observatório do clima

http://www.greenpeace.org/brasil/ – Greenpeace

http://www.mudancasclimaticas.andi.org.br/ – Informações e reflexões sobre mudanças climáticas

http://www.socioambiental.org/ – ISA (Instituto Socioambiental)

http://www.climaeconsumo.org.br/ – Informações e reflexões sobre clima e consumo

http://www.brasilia.unesco.org/ – Organização das Nações Unidas para a Educação, a Ciência e a Cultura

http://www.objetivosdomilenio.org.br/ – O voluntariado e os objetivos do milênio da Organização das Nações Unidas

http://www.ana.gov.br/aguaecultura/ – Agência Nacional de Águas

http://www.ondazul.org.br/ – Fundação Onda Azul

http://www.wwf.org.br/ – Questões ambientais

http://www.cptec.inpe.br/ – Centro de previsão de tempo e estudos climáticos

http://www.embrapa.br/ – Empresa Brasileira de Pesquisa Agropecuária

Impresso no Parque Gráfico da Editora FTD
Avenida Antonio Bardella, 300
Fone: (0-XX-11) 3545-8600 e Fax: (0-XX-11) 2412-5375
07220-020 GUARULHOS (SP)